EL DOLOR DE BARRIGA

Adaptado por Josephine Page
Ilustrado por Ken Edwards

Basado en la serie de libros de Scholastic "Clifford, el gran perro colorado" de Norman Bridwell

Adaptación del guión de televisión
"Tummy Trouble" de Lois Becker y Mark Stratton

SCHOLASTIC INC.

New York   Toronto   London   Auckland   Sydney   Mexico City
New Delhi   Hong Kong   Buenos Aires

Originally published in English as *Tummy Trouble*
Translated by Alexis Romay

ISBN 0-439-55113-7

12 11 10 9 8 7 6 5 4 3 2 1   3 4 5 6 7 8/0

Printed in the U.S.A.   23

First Spanish printing, September 2003

—Hoy tienes que hacer lo que te diga para ganarte una galleta —le dijo Emily Elizabeth a Clifford.

Levantó una galleta para que

Clifford la oliera.

—Agáchate, Clifford —le dijo.

Clifford se agachó.

Luego se sentó, abrió la
boca y esperó la galleta.

Emily Elizabeth le lanzó

la galleta a la boca.

—Muy bien —le dijo—.

Da una voltereta.

Clifford se dio la vuelta.

Y rodó y rodó y rodó.

Luego se sentó, abrió la
boca y esperó la galleta.

Cleo y T-Bone pasaron por ahí.

—¿Por qué te sientas así? —le preguntó Cleo.

—Estoy esperando a que Emily
Elizabeth me dé una galleta. Di una
voltereta para ella —dijo Clifford.

—Vi a Emily Elizabeth
en el carro de su mamá
—le dijo T-Bone—. Se
fueron.

—Yo te daré una galleta —le dijo Cleo.

Cleo le dio una galleta a Clifford.

Cleo también le dio una galleta
a T-Bone. Y luego se comió otra.

—Para ganar una galleta hay
que hacer algo —dijo Clifford.

T-Bone se paró en sus patas

traseras.

—Eso te salió muy bien —le

dijo Cleo.

Cleo le lanzó la segunda galleta a T-Bone.

—Ese lanzamiento fue muy bueno —le dijo T-Bone.

Cleo se comió otra galleta

por haber lanzado tan bien.

—Si comen muchas

galletas, se van a enfermar

—dijo Clifford.

—Gracias por preocuparte

por mí —dijo Cleo—.

Qué amable. Te has ganado

otra galleta.

T-Bone persiguió su propia cola.

Cleo le lanzó otra galleta y ella

se comió otra galleta por haber

lanzado tan bien.

Clifford caminó sobre

sus patas delanteras.

Y todos se ganaron una

galleta.

Clifford y T-Bone hicieron

muchas más gracias.

Cleo les lanzó más galletas.

¡La caja de galletas

estaba vacía!

—No se preocupen —dijo
Cleo—. Todavía tenemos
dos cajas llenas.

—Me duele la pancita —dijo
T-Bone.

—A mí también —dijo
Clifford.

—Tal vez tienen hambre —dijo

Cleo—. Coman más galletas.

Pronto, dos cajas de
galletas estaban vacías.
Luego, tres cajas de
galletas estaban vacías.

T-Bone se acostó boca arriba.

—Estoy lleno —dijo Cleo con la
pancita inflada.

—Yo también —dijo T-Bone
con la pancita aún más inflada.

—Y yo —dijo Clifford,
que tenía la panzota más
inflada de todas.

Emily Elizabeth regresó

con galletas para Clifford

y sus amigos.

Vio las tres cajas vacías.

Vio a los tres

perros enfermos.

—Pobres perritos —les

dijo—. No debieron

comer tantas galletas.

Pero todos cometemos errores alguna vez. Hasta el más grande, más colorado y mejor perro del mundo. Clifford, te quiero mucho.

¿Te acuerdas?

Encierra en un círculo la respuesta correcta.

1. Uno de los animales caminó sobre sus patas delanteras. Fue...
   a. Cleo.
   b. T-Bone.
   c. Clifford.

2. Clifford se sintió mal porque...
   a. tenía catarro.
   b. había comido mucho.
   c. había comido una manzana podrida.

¿Qué pasó primero?
¿Qué pasó después?
¿Qué pasó al final?
Escribe 1, 2 ó 3 en la línea que hay junto a cada oración.

Cleo le dio una galleta a Clifford. _____

Emily Elizabeth se fue con su mamá. _____

Emily Elizabeth vio las tres cajas vacías. _____

Respuestas:

Emily Elizabeth vio las tres cajas vacías. (3)
Emily Elizabeth se fue con su mamá. (1)
Cleo le dio una galleta a Clifford. (2)
1-c; 2-b